# Rendez-vous sur lepetitlitteraire.fr et découvrez :

Plus de 1200 analyses
Claires et synthétiques
Téléchargeables en 30 secondes
À imprimer chez soi

*KILOMÈTRE ZÉRO*  **6**

Un voyage à la découverte
de soi-même  6

**MAUD ANKAOUA**  **8**

Écrivaine française  8

**RÉSUMÉ**  **9**

Un départ précipité  9

Un chemin tortueux  10

Le sanctuaire et la chasse
au trésor  12

La trahison et la rédemption  14

**ÉTUDE DES PERSONNAGES**  **16**

Maëlle  16

Shanti  17

Matteo  18

Romane  19

Maya  19

Jason  20

**CLÉS DE LECTURE**  **21**

Le genre du roman-coach
ou du roman de développement personnel  21

Le rapprochement avec le récit
de voyage  23

La portée du titre
« Kilomètre zéro »  26

**PISTES DE RÉFLEXION**  **29**

Quelques questions pour approfondir sa réflexion...  29

**Analyse** de l'œuvre

Par Kelly Carrein

# Kilomètre zéro - le chemin du bonheur

## Maud Ankaoua

lePetitLittéraire.fr

# Analyse de l'œuvre

Par Kelly Carrein

# Kilomètre zéro - le chemin du bonheur

Maud Ankaoua

## POUR ALLER PLUS LOIN    31

Édition de référence    31

Sources complémentaires    31

# KILOMÈTRE ZÉRO

## UN VOYAGE À LA DÉCOUVERTE DE SOI-MÊME

- **Genre :** roman
- **Édition de référence :** *Kilomètre zéro*, Paris, J'ai Lu, 2018, 371 p.
- **1ʳᵉ édition :** 2018.
- **Thématiques :** développement personnel, voyage, parcours initiatique, philosophie, questionnement, sciences, amitié, amour.

C'est un matin ordinaire que la vie de Maëlle, businesswoman parisienne surbookée, change radicalement : elle apprend que son amie de longue date, Romane, est atteinte d'un cancer du sein. Cette dernière la prie de se rendre pour elle au Népal, afin de récupérer un manuel qui prétend guérir les malades en changeant simplement leur façon de penser. D'abord sceptique, Maëlle accepte d'accomplir ce voyage pour sauver son amie. Elle se retrouve embarquée dans un trek de plusieurs jours dans les montagnes népalaises, un voyage qui lui apprendra beaucoup sur elle-même, au gré de ses différentes expériences, mais aussi de ses rencontres : Maya, l'aubergiste accueillante ; Shanti, le guide qui devient presque son gourou ; Jason, le médecin américain censé détenir le manuel ; et surtout, Matteo, le bel Italien qui lui redonnera gout à l'amour. À l'issue de ce périple initiatique et philosophique, Maëlle revient en France transformée, prête à abandonner ses certitudes et à s'ouvrir à la vie... et aux autres.

*Kilomètre zéro*, ouvrage hybride entre guide de développement personnel et roman fictionnel, s'inspire librement d'un voyage de cinq semaines au Népal effectué par l'auteure. À l'instar de Maëlle, Maud Ankaoua est revenue de son périple au Népal avec une nouvelle façon de voir la vie, et surtout une volonté de mieux vivre. Elle s'est attelée à la rédaction du roman, qui a été vendu à plus de 400 000 exemplaires depuis sa publication en 2018.

# MAUD ANKAOUA

## ÉCRIVAINE FRANÇAISE

- **Née en 1971 en France.**
- **Autre œuvre de l'auteure :**
  - *Respire !* (2020), roman

Dès son enfance, Maud Ankaoua fait preuve d'une grande curiosité et d'une détermination certaine. Elle fait ses études en Grande-Bretagne (Nottingham puis Oxford), puis à Paris, à Sciences Po. Elle débute dans la vie active dans un cabinet d'expertise comptable, avant de diriger une agence de publicité à l'âge de 26 ans. Elle vit la vie à 100 à l'heure, à la fois sur le plan personnel et sur le plan professionnel. Même une opération à cœur ouvert avant la trentaine ne l'arrête pas !

Elle vend sa société en 2010. Épuisée mentalement, elle ne sait plus que faire. Elle décide alors, presque sur un coup de tête, de partir cinq semaines au Népal, un voyage qui, à l'instar de l'héroïne de *Kilomètre zéro*, lui permettra de se remettre en phase avec ses priorités et de voir et vivre sa vie autrement, grâce à des rencontres fortes.

Dès son retour en France, Maud Ankaoua change de vie et devient coach et conférencière internationale. Pour elle, le bonheur est l'objectif ultime, et elle entend bien aider tout un chacun à y parvenir. Elle publie *Kilomètre zéro*, son premier roman, en 2018, largement inspiré de son périple népalais. Son deuxième roman, *Respire !* voit le jour en 2020.

# RÉSUMÉ

## UN DÉPART PRÉCIPITÉ

Après un an de silence, Romane, une jeune femme d'une trentaine d'années, contacte son amie Maëlle, femme d'affaires surbookée, afin de lui proposer un rendez-vous. Maëlle découvre alors avec effroi que son amie bienaimée est atteinte d'un cancer du sein ; le diagnostic est tombé six mois plus tôt, alors que Romane était en voyage au Népal à la recherche d'un manuscrit révolutionnaire qui décrit une méthode permettant d'accéder à la guérison en changeant son état d'esprit. Jason, l'une de ses connaissances sur place, a pu en obtenir une copie, et Romane souhaite que Maëlle se rende à Katmandou pour la récupérer, persuadée qu'il s'agit de sa seule solution pour guérir. Très cartésienne, Maëlle refuse d'abord, priant son amie de se fier à la médecine pour guérir. Mais, ébranlée par la situation de Romane, elle finit par accepter et s'envole dès le lendemain pour le Népal.

À son arrivée à Katmandou, Maëlle ne trouve aucune qualité au pays pauvre, qu'elle va jusqu'à qualifier de « poubelle », et souhaite rentrer en France le plus vite possible. Une fois installée dans l'hôtel miteux recommandé par Romane, elle apprend que Jason est parti pour une urgence médicale dans un monastère situé dans l'Himalaya, et qu'un guide nommé Shanti la conduira là-bas. Maëlle est de plus en plus agacée. Maya, l'accueillante directrice d'hôtel, l'emmène découvrir les environs et la discussion s'engage entre les deux femmes. Maëlle voit sa venue au Népal comme une obligation, et Maya l'incite à profiter de l'expérience. Elle met la jeune femme au défi d'abandonner ses préjugés pour découvrir le monde avec un regard neuf.

Lorsque le guide arrive, Maëlle suggère de gagner le monastère en hélicoptère, mais ce n'est pas une option, car il abrite des réfugiés tibétains et que la discrétion est de mise pour ne pas alerter les autorités. La seule solution est donc un trek de plusieurs jours. Maëlle refuse d'abord de s'absenter aussi longtemps de son travail, mais elle change d'avis après une discussion avec Shanti, qui la met face à ses peurs irrationnelles.

Le premier jour, ils partent en voiture vers les montagnes. Le long trajet permet à Maëlle d'admirer les paysages népalais et de gouter des plats savoureux dont l'apparence la rebutait. Enfin, Shanti et Maëlle rejoignent leurs compagnons de route, à savoir un cuisinier et deux porteurs.

## UN CHEMIN TORTUEUX

Le premier soir, le groupe loge dans une maison modeste. Maëlle, habituée au luxe européen, est irritée de voir que sa chambre ne comporte pas de sanitaires. Shanti continue à l'interroger et la pousse à réfléchir sur sa vie et ses priorités. La jeune femme réalise alors qu'elle passe à côté de sa vie en se focalisant sur son travail au détriment des relations humaines.

Lors du trajet du lendemain, Shanti et Maëlle parlent d'amour. Cette dernière comprend qu'elle s'est elle-même mis des barrières suite à ses déceptions amoureuses, qui l'empêchent de s'ouvrir à de nouvelles rencontres. Shanti l'invite également à se défaire de ses pensées automatiques, qui parasitent sa vie, pour profiter au mieux de l'existence.

Le jour suivant, ils doivent traverser un pont suspendu, d'apparence précaire. Maëlle, qui a la phobie du vide, veut faire demi-tour. Arrive alors un berger, suivi de son troupeau de bestiaux : ils traversent la passerelle sans encombre, prouvant ainsi sa solidité à Maëlle. Shanti propose à la jeune Française de surmonter sa peur grâce à des exercices de respiration, et ils parviennent enfin à traverser le pont. Ils s'arrêtent ensuite dans une auberge pour passer la nuit, où ils rencontrent un couple de jeunes Anglais. Ceux-ci se joignent à eux pour une séance de méditation, mais Maëlle n'est pas de bonne humeur : elle est perturbée par Matteo, un homme italien qui se trouve également à l'auberge et qui lui rappelle une ancienne déception amoureuse. Elle abandonne la méditation après quelques minutes à peine. Au repas du soir, Matteo se montre très avenant à son égard, lui proposant un thé et tentant de lancer une discussion, mais elle refuse ses marques de sympathie, leur préférant la colère.

Le lendemain, elle est toujours en colère, et celle-ci s'attise davantage quand elle réalise que Matteo a déjà quitté l'hébergement. Le groupe reprend la route, et Shanti est bizarrement silencieux. Lorsque Maëlle l'interroge, il lui explique qu'il n'a pas de temps à perdre avec des personnes qui se laissent emporter par leur orgueil, comme elle la veille. Finalement, Maëlle présente des excuses sincères et ils poursuivent leur route comme les jours précédents.

## LE SANCTUAIRE ET LA CHASSE AU TRÉSOR

Plus le périple avance, plus Maëlle se montre réceptive au monde qui l'entoure, ne s'attardant plus sur des détails matériels comme le caractère rudimentaire des chambres où elle loge. Les longues discussions avec Shanti lui permettent de voir sa vie à travers une nouvelle perspective. Elle qui, à Paris, refusait de croire que la méthode dont lui parlait Romane pouvait être efficace devient de plus en plus ouverte à ce genre de philosophie. Après une dernière journée de marche, où Maëlle combat son malêtre physique provoqué par la haute altitude, elle parvient enfin au sanctuaire où l'attend Jason.

Le médecin lui apprend que les Tibétains réfugiés au Népal souffrent de maladies sérieuses et de dégénérescences, et que son équipe tente de les guider vers la guérison par un procédé psychologique de positivité de la pensée. Maëlle est sceptique. Une chercheuse lui explique que Jason a découvert que le quotidien se situe soit dans l'Amour (c'est-à-dire un état où on se situe dans le présent, en communion avec ce qui nous entoure), soit dans la Peur (c'est-à-dire une construction mentale qui se nourrit de l'anxiété du passé ou d'un manque futur). Pour lui, être dans un « état d'Amour », c'est-à-dire en communion avec le moment présent dans tous ses aspects, permettrait à un malade de débloquer les énergies à l'origine des maladies et ainsi de remonter ses défenses immunitaires pour potentiellement guérir.

Après une longue discussion avec Jason, Maëlle, désormais convaincue, contemple seule les montagnes au crépuscule, quand elle entend la voix de Matteo derrière elle. Sous le choc, elle s'évanouit. Lorsqu'elle revient à elle, elle réalise son attirance pour le bel Italien et désire mieux le connaitre. Elle lui demande de lui raconter la raison de sa présence au Népal, et il lui révèle faire partie de l'équipe médicale de Jason. Après le repas du soir, une tempête de neige se déclenche, menaçant de bloquer Maëlle pour plusieurs jours au monastère, avant de pouvoir redescendre vers Katmandou, le manuscrit destiné à Romane enfin en sa possession.

La nuit suivante, elle rêve que le groupe part à la recherche d'un trésor. Le matin même, Matteo, Jason et Shanti lui confessent avoir fait le même rêve. Ils pensent que ce trésor serait en fait le travail d'un sage réfugié dans les montagnes qui aurait étudié les relations humaines, et dont les théories pourraient radicalement changer la vision de l'humanité. Un peu plus tard, Matteo et Maëlle échangent un premier baiser passionné. Après réflexion, le groupe décide de partir à la recherche du sage et se dirige vers « Tschong », une localité proche dont le nom était apparu en rêve à Maëlle.

Une fois à Tschong, ils sont accueillis par une famille. Maëlle s'assoupit, et apprend à son réveil que Matteo est parti au village, sans doute pour s'amuser avec des filles locales, selon elle. Énervée, elle accepte de suivre Thi Bah, la nièce de la famille, car elle lui promet de la guider vers l'homme qu'elle cherche. Maëlle rencontre alors le sage japonais Chikaro et lui relate toute son aventure népalaise. Chikaro la pousse à se débarrasser de ses blessures passées pour aimer pleinement. Matteo, qui ne fricotait nullement avec d'autres femmes, les rejoint alors, car il était inquiet de savoir Maëlle en vadrouille de nuit.

## LA TRAHISON ET LA RÉDEMPTION

Matteo et Maëlle regagnent l'auberge et repartent le lendemain pour continuer leur descente vers Katmandou. Le soir suivant, ils font l'amour pour la première fois, sachant bien qu'ils seront séparés quelques heures plus tard. Le dernier matin, Maëlle découvre un SMS destiné à Matteo, d'une femme nommée Laura qui lui dit qu'il lui manque et qu'elle a hâte de le revoir. La jeune femme tombe également sur un échange entre Matteo et Romane, qui avait prémédité leur rencontre. Ulcérée, Maëlle se sent trahie. Elle ouvre le paquet que Jason lui avait remis, censé contenir le manuel révolutionnaire destiné à Romane, et découvre qu'il ne contient qu'un carnet vide. Ses compagnes de voyage permettent à Maëlle de se calmer et elle est prête à repartir auprès de Maya.

De retour à Katmandou, Maëlle relate son périple dans les détails à Maya. Faisant écho aux paroles de Chikaro et Shanti, celle-ci plaide pour que Maëlle pardonne à Romane et Matteo, afin de retrouver la paix intérieure.

Riche de son expérience acquise lors du trek, Maëlle y parvient. Elle quitte Maya et Shanti avec émotion et retourne en France.

À son arrivée, Romane l'invite à la retrouver le lendemain. Maëlle se rend au rendez-vous pour avoir des explications, et apprend que son amie a eu connaissance de son diagnostic en revenant du Népal, et non quand elle était là-bas comme elle l'avait affirmé auparavant. Romane explique avoir inventé l'histoire de la méthode de guérison pour pousser Maëlle à accomplir le voyage et à cesser de s'autodétruire. Elle confesse avoir rencontré Matteo aux États-Unis et lui avoir demandé de veiller sur Maëlle au Népal ; Laura étant sa sœur, son amour pour Maëlle était tout ce qu'il y a de plus sincère. Romane lui transmet une lettre de Matteo, à laquelle est joint un billet d'avion pour l'Italie le soir même. Maëlle n'hésite pas, et part pour Milan. Dans l'avion, elle commence à rédiger le récit de ses aventures népalaises, dans le cahier que lui a remis Jason.

# ÉTUDE DES PERSONNAGES

## MAËLLE

Âgée de trente-cinq ans, Maëlle est une jeune femme parisienne, diplômée de Sciences Po et directrice financière d'une startup. Son travail est sa priorité absolue, et elle néglige toute relation humaine en dehors de celui-ci : pour preuve, Romane est l'une de ses plus proches amies, et elles ne se voient qu'une fois l'an. Lorsque Maëlle ne travaille pas, elle passe ses rares moments de loisir à la salle de sport – seule.

Le diagnostic de Romane est pour elle un véritable choc, tant il est inattendu. L'idée que son amie puisse mourir (et surtout si jeune) la bouleverse. La volonté de Maëlle de sauver Romane est un véritable moteur tout au long du roman : elle la pousse à accepter d'entreprendre le voyage au Népal, et à continuer quand même à chaque étape difficile. Il ne fait aucun doute que Maëlle aime vraiment Romane, ce qui rend la trahison apparente de celle-ci d'autant plus douloureuse pour elle.

Maëlle n'a jamais été chanceuse en amour, ce qui la conduit à être méfiante envers les hommes qu'elle rencontre, et en particulier avec Matteo, qui a le défaut d'être italien, comme l'une de ses précédentes déceptions sentimentales. Leur première rencontre la plonge dans une forte colère, parce qu'elle pense que ses témoignages de sympathie sont une manipulation. Cependant, la sagesse de ses compagnons de route lui permet de comprendre que ce blocage vient uniquement d'elle, et, débarrassée de ses préjugés, elle peut s'ouvrir à l'amour.

Il ne fait aucun doute que ce voyage au Népal changera la vie de Maëlle. Ses différentes rencontres et ses différentes expériences lui ont permis de découvrir une autre façon de voir et de vivre sa vie. Elle rentre en France en faisant le vœu de se recentrer sur elle-même, et de ne plus faire de son travail le centre de son monde. Le périple lui a également appris à se focaliser sur le nécessaire et à laisser les apparences, comme en témoigne son impression de sa chambre dans l'hôtel de Maya : à son arrivée à Katmandou, le logement, très loin du luxe européen auquel elle est habituée, lui parait miteux ; à son retour, après avoir dormi dans des établissements encore plus précaires, la chambre de Maya lui semble véritablement luxueuse.

## SHANTI

Shanti est un guide népalais, chargé par Jason de mener Maëlle au sanctuaire. Son prénom signifie « paix » et ne pourrait pas mieux le décrire ; cet homme recherche avant tout la paix intérieure, et il s'applique à transmettre cette philosophie à Maëlle tout au long du trek. Très serein, Shanti ne se laisse perturber par aucun évènement extérieur. Il est également hermétique à l'agressivité de ses semblables, que ce soit le chauffard inconnu qui les met en danger le premier jour sur la route ou Maëlle lorsqu'elle est consumée par la colère suite à sa rencontre avec Matteo.

Tout au long du récit, Shanti prend un rôle de véritable gourou pour Maëlle. Il débarrasse la jeune femme une à une de ses certitudes et de ses préjugés. Il est important pour lui de transmettre sa sagesse, mais il ne lui impose jamais son point de vue, la poussant simplement à réfléchir sur sa propre vie.

Lorsque Maëlle quitte Shanti pour regagner Paris, elle est véritablement bouleversée par cette absence qui se profile. Un lien véritable s'est créé entre eux, et Shanti la rassure : quoi qu'il arrive, il sera toujours auprès d'elle en pensée.

## MATTEO

Matteo est un brillant chirurgien neurologue italien, qui a étudié et pratiqué pendant de nombreuses années aux États-Unis. Il s'intéresse tout particulièrement à la façon dont le cerveau perçoit la réalité, ce qui en fait un membre parfait pour l'équipe médicale de Jason.

Bien que sa rencontre avec Maëlle ait été préméditée par Romane, les sentiments qu'il développe pour elle en quelques jours sont très sincères. Plus les jours passent, plus il se révèle être à l'opposé de l'image de l'Italien séducteur qu'a Maëlle : alors que la jeune femme le pense menteur et insincère, il est en vérité attentionné et affectueux.

# ROMANE

Romane, d'origine libanaise, est âgée de trente-quatre ans. Mère de trois enfants, elle travaille dans un groupe pharmaceutique quand elle apprend qu'elle est atteinte d'un cancer du sein. Très proche de Maëlle – qu'elle a connue lorsqu'elles étaient toutes les deux à Sciences Po –, elle observe son amie et réalise qu'elle s'autodétruit. Inspirée par son propre voyage au Népal, elle concocte donc le stratagème du manuscrit révolutionnaire pour pousser Maëlle à effectuer le même voyage qu'elle, et à en tirer les mêmes bénéfices. Si ses méthodes ne sont pas entièrement sincères (elle n'hésite pas à mentir et à inclure Jason et Matteo dans le stratagème), il ne fait aucun doute que ses motivations sont pures, et qu'elle agit uniquement pour le bien de son amie.

# MAYA

Âgée d'une soixantaine d'années, Maya tient l'hôtel où Romane a logé lors de son passage à Katmandou, et où Maëlle se rend également. À l'instar des autres rencontres de Maëlle, Maya lui partage sa sagesse. À la veille du départ en trek de la jeune femme, elle lui suggère de vivre chaque expérience comme si son cerveau était dépourvu de tout préjugé. Ce conseil accompagnera Maëlle tout au long de son périple, et lui permettra de mieux se connecter à son expérience.

# JASON

Jason est un médecin américain qui officie à Katmandou. Il rencontre Romane lors de son voyage au Népal, et accepte de participer au stratagème du faux manuscrit. Il est très dévoué à la cause des réfugiés tibétains, qu'il essaie d'aider grâce à ses recherches et à la méthode qui en a découlé : l'état dit « d'Amour », c'est-à-dire de communion avec le présent, aurait des effets sur la santé des personnes malades.

# CLÉS DE LECTURE

## LE GENRE DU ROMAN-COACH OU DU ROMAN DE DÉVELOPPEMENT PERSONNEL

Encore en plein essor dans le paysage littéraire français, le genre du roman-coach (ou roman de développement personnel) n'a pas encore été vraiment défini. Cependant, de plus en plus d'ouvrages n'hésitent pas à avoir recours à ces termes (sur leur couverture ou dans le cadre d'une opération de marketing) pour désigner un roman hybride, à mi-chemin entre l'œuvre de fiction et le guide de développement personnel. Si une définition académique n'a pas encore été établie à ce jour, il est cependant possible de relever certains traits du genre :

* **Le caractère hybride de l'œuvre.** Le roman-coach, qu'il soit inspiré ou non d'une expérience vécue par l'auteur, trouve ses racines dans la fiction, et non dans une forme d'(auto)biographie : les personnages, leurs qualités et leurs défauts, sont entièrement fictionnels, tandis que, comme dans *Kilomètre zéro*, les évènements peuvent s'inspirer librement d'une réalité expérimentée par l'auteur. Le fil de l'intrigue fictionnelle permet à l'auteur de transmettre des principes de vie applicables au quotidien au moment le plus opportun, à la fois sous la forme dialoguée (comme lorsque Maëlle reçoit les enseignements de Shanti) ou sous forme de texte suivi. Ce faisant, le roman-coach

renvoie aussi aux essais de développement personnel, qu'il est de nos jours très facile de trouver en librairie ;

- **L'objectif : le bonheur dans le présent.** Les personnages d'un roman-coach partagent souvent la particularité de passer à côté de leur vie, que ce soit en ne se concentrant pas sur leurs vraies priorités (comme Maëlle qui privilégie son travail chronophage au détriment de relations amicales ou amoureuses, qu'elle aimerait pourtant vivre) ou en se contentant d'un quotidien qui ne leur convient pas ou plus. Face à ces personnages qui changent de façon significative tout au long de l'intrigue, une seule option apparait comme salvatrice : se recentrer sur le moment présent pour découvrir le bonheur qui s'y cache. Ainsi, Maëlle, qui ne voyait que les désavantages du pays lors de son arrivée, est très vite conquise par l'acte simple d'admirer les montagnes ou le soleil levant, activité qu'elle ne s'autorisait jamais dans sa vie parisienne overbookée. Au fil du roman, Maëlle apprend que le bonheur n'est pas une destination, mais qu'elle peut le trouver dans le chemin qu'elle parcourt au quotidien – si elle parvient à changer ses priorités pour le mieux ;

- **La conclusion : une redéfinition de l'existence pour le personnage et pour le lecteur**. Le but avoué du roman-coach n'est pas d'être un pur divertissement pour le lecteur, et d'être oublié dès que l'ouvrage sera rangé sur une étagère. Tout au long du récit, le personnage principal se pose des questions fondamentales, et est amené à changer et adapter sa perception de l'existence pour vivre une vie différente – et intrinsèquement meilleure. Lorsque le lecteur arrive à la fin du roman, il a suivi le même parcours initiatique que le héros et a été amené à se poser les mêmes questions sur sa propre vie. Les principes de vie acquis par le personnage deviennent des principes concrets que le lecteur pourrait être amené à appliquer dans sa vie personnelle. L'aventure de Maëlle fait écho à celle vécue par Maud Ankaoua, et pourrait pousser le lecteur à vivre sa propre aventure, inspiré par les changements observés chez l'héroïne.

Le roman-coach flirte donc avec deux catégories littéraires séparées : la fiction, qui a souvent pour but le divertissement pur et simple, et l'essai, qui a pour but d'instruire, voire dans certains cas d'inspirer le lecteur. *Kilomètre zéro* s'inscrit dans ce caractère hybride, à la fois sur le fond (Maëlle est un personnage imaginaire, qui réalise un parcours initiatique qui la conduit à repenser entièrement sa vie) et sur la forme (les théories de pensée sont énoncées clairement de façon à être compréhensibles et applicables pour le lecteur).

## LE RAPPROCHEMENT AVEC LE RÉCIT DE VOYAGE

Sans être un récit de voyage à proprement parler, *Kilomètre zéro* comporte tout de même certaines caractéristiques qui rappellent ce type d'ouvrages :

- **L'ancrage dans la réalité**. Dès sa naissance au début du XIV$^e$ siècle, avec les premiers explorateurs, le récit de voyage revêt un objectif didactique : celui de rapporter des informations aux Européens au sujet de contrées lointaines et de peuples radicalement différents. La fiction y est absente, et les auteurs se basent uniquement sur le factuel. *Kilomètre zéro* est bel et bien un récit de fiction, mais comme Maud Ankaoua le relate sur son site Internet, elle a également effectué un voyage au Népal qui a changé sa vie. Ses descriptions des paysages, des personnes et des coutumes locales sont donc bel et bien ancrées dans une réalité vérifiable, qu'elle a expérimentée de première main. Les détails relatifs au Népal, distillés tout au long du roman, lui apportent un cachet d'authenticité indéniable ;

- **L'importance des impressions**. En supplément aux observations rapportées de façon objective, les auteurs de récits de voyage parsemaient souvent leurs récits de leurs propres impressions au contact des cultures nouvelles qu'ils décrivaient. Dans *Kilomètre zéro*, Maud Ankaoua met les impressions de son héroïne en avant à de multiples reprises, pour illustrer à quel point celles-ci évoluent au fil de son voyage : à son arrivée, Maëlle remarque uniquement les détails déplaisants du Népal, et ne souhaite qu'une chose, regagner au plus vite Paris et son univers occidental familier ; lorsqu'elle revient à Katmandou après le trek, Maëlle est charmée par le paysage, la culture et la gastronomie, ainsi que par les locaux qu'elle a rencontrés tout au long du périple, et est immensément triste à l'idée de les quitter pour retourner en France ;

- **La présence du peuple local.** Aucun récit de voyage ne serait complet s'il ne mentionnait pas le peuple local et ses habitudes ; c'est l'une des caractéristiques du genre, et Maud Ankaoua n'y déroge pas. Si quelques Népalais, comme Shanti ou Maya, font partie des personnages centraux du roman, l'intrigue regorge de personnages secondaires locaux, qui ne font que croiser le chemin de l'héroïne, mais qui la touchent tout autant : les familles qui l'accueillent dans leur modeste demeure pour passer la nuit lors du trek ; des enfants avec qui elle joue sur le chemin ; ses porteurs, un neveu et son oncle, pour qui elle se prend d'amitié. Chacun de ces personnages renvoie une image de gentillesse et de sérénité et contribue, de manières différentes, à faire avancer Maëlle sur son itinéraire spirituel ;

- **La mise en avant de l'exploration.** Lorsque les récits de voyage font leur apparition dans le paysage littéraire, leurs auteurs sont des explorateurs avant d'être des écrivains : ils ont exploré des contrées lointaines, avec peu, voire pas, d'informations à leur sujet, et ne font que rapporter leurs observations objectives et leurs impressions subjectives. Maëlle, en tant que narratrice de *Kilomètre zéro*, rappelle ces explorateurs : elle part au Népal sans aucune préparation, sachant à peine positionner le pays sur une carte ; elle arrive pourvue de préjugés qu'elle perd peu à peu dès qu'elle expérimente la vie népalaise ; sa narration est parsemée de descriptions de paysages, de personnages et même de plats qui donnent au récit une indéniable touche locale. L'exploration de Maëlle, à travers son trek, la découverte du pays et son changement d'opinion sur ce qui l'entoure, est l'un des fils rouges du roman.

Mais nous ne pouvons pas classifier *Kilomètre zéro* dans le genre du récit de voyage, car ceux-ci ont une vocation à caractère sociologique et historique ; dans son roman, Maud Ankaoua utilise plutôt le voyage comme un outil permettant à son héroïne de se reconnecter à l'essentiel. En effet, le dépaysement ressenti par Maëlle joue un rôle crucial dans son cheminement personnel : il est évident que les personnes rencontrées à Paris, très différentes des Népalais, mais aux préoccupations plus similaires à celles de Maëlle, n'auraient pas pu l'aider à accomplir ce périple psychologique ; quant à la ville de Paris et au quotidien parisien de la jeune femme, ils n'auraient pas pu offrir le cadre optimal pour sa remise en question que permettaient les montagnes népalaises coupées de toute civilisation.

## LA PORTÉE DU TITRE « KILOMÈTRE ZÉRO »

En topographie, le « kilomètre zéro » (aussi appelé « point zéro ») est le lieu de départ pour calculer les distances routières. Souvent situé au sein d'une capitale ou d'une grande ville, il représente donc symboliquement le point de commencement d'un nouveau chemin, physique ou spirituel comme c'est le cas dans le roman : dans *Kilomètre zéro*, Maëlle se trouve à la fois au départ d'un chemin physique (l'éprouvant trek en montagne de plusieurs jours) et d'un chemin psychologique (l'enseignement de Shanti qui lui permet de remettre sa vie en question afin de mieux vivre). Les termes « kilomètre zéro » apparaissent tels quels à trois reprises dans le roman, et à des moments significatifs :

- **Le quinzième chapitre** (pp. 235-255) est intitulé « Kilomètre zéro ». C'est dans ce chapitre que Matteo et Maëlle s'avouent leur attirance réciproque et échangent leur premier baiser. Le fait que ce chapitre partage son titre avec le roman n'est pas anodin : ce premier baiser symbolise le début de leur relation (c'est-à-dire le kilomètre zéro), un nouveau chemin que Maëlle est désormais prête à parcourir après s'être débarrassée de ses peurs et de ses préjugés ;

- **Dans les paroles de Shanti.** Dans le même chapitre, Shanti dit à Maëlle « ton bonheur prend racine en toi au kilomètre zéro » (p. 254). Ce faisant, il ne définit pas le bonheur comme un objectif ultime extérieur à atteindre, mais comme une quête intérieure de longue durée. Ces quelques mots font écho au parcours initiatique de Maëlle, qui avait, au début de son voyage, tout en elle pour être heureuse ; Shanti, en tant que guide spirituel, n'a fait que lui donner les clés pour qu'elle puisse emprunter le chemin du bonheur par elle-même ;

- **Dans la réalisation finale de Maëlle.** À la fin du roman, Maëlle est de retour à Katmandou et, lors de sa dernière soirée avant son retour en France, elle observe le soleil couchant – une activité qu'elle ne prenait jamais le temps de faire dans sa vie parisienne. C'est alors qu'elle évoque à son tour le « kilomètre zéro », qu'elle définit par ces mots : « l'instant où tout commence et tout s'achève dans la perfection » (p. 345). À ce moment, Maëlle est en effet à la fois à un instant où tout commence (elle s'apprête à repartir pour Paris et à entamer une nouvelle vie, régie par les principes enseignés par Shanti) et à un instant où tout finit (son séjour au Népal est terminé, et elle se sépare le cœur lourd de ses nouveaux amis). Suite à son voyage, Maëlle est désormais apaisée et prête à emprunter un nouveau chemin de vie.

La symbolique du kilomètre zéro est donc bel et bien présente tout au long du roman, comme un fil conducteur qui renvoie à l'évidence du titre. Ce dernier n'a évidemment pas été choisi par hasard, puisque ses connotations de voyage, de cheminement, et de distance parcourue font écho au parcours physique et psychologique de l'héroïne que l'on suit tout au long du roman.

# PISTES DE RÉFLEXION

## QUELQUES QUESTIONS POUR APPROFONDIR SA RÉFLEXION...

- Chaque chapitre est précédé d'une citation d'un auteur ou d'un philosophe célèbre. Analysez l'intérêt de ces citations dans le cadre du roman.

- Commentez cette citation de Shanti : « Fais attention à ce que tu veux, car tu risques de l'obtenir » (p. 86).

- Étudiez l'impact du conseil de Maya au début du roman (« Observer [le monde] comme si ton cerveau était vierge », p. 50) sur Maëlle tout au long de l'histoire.

- Analysez le rapport de Maëlle avec son travail au fil du roman et de ses découvertes spirituelles.

- Étudiez la progression du changement de la perception de l'amour chez Maëlle.

- Bien que le roman laisse la part belle à la spiritualité, la science n'est pas absente du discours des personnages : étudiez la présence de la science dans le roman et les effets de celle-ci.

- La quatrième de couverture du roman présente une citation de l'écrivain indo-américain Deepak Chopra, « Vous devez trouver à l'intérieur de vous-même l'endroit où rien n'est impossible ». Analysez la façon dont ces mots s'appliquent à Maëlle.

- Si vous travailliez dans une librairie, classeriez-vous *Kilomètre zéro* au rayon « développement personnel », au même titre que certains essais de psychologie, ou au rayon « fiction », comme des milliers d'autres romans de fiction ? Justifiez votre réponse.

# POUR ALLER PLUS LOIN

## ÉDITION DE RÉFÉRENCE

Ankaoua M., *Kilomètre zéro*, Paris, J'ai Lu, 2018.

## SOURCES COMPLÉMENTAIRES

Site officiel de Maud Ankaoua, consulté le 25 novembre 2021, URL : https://www.maud-ankaoua.com

# lePetitLittéraire.fr

- un résumé complet de l'intrigue ;
- une étude des personnages principaux ;
- une analyse des thématiques principales ;
- une dizaine de pistes de réflexion.

**Retrouvez
notre offre complète sur
lePetitLittéraire.fr**

www.lepetitlitteraire.fr

ISBN version numérique : 9782808026093
ISBN version papier : 9782808026109
Dépôt légal : D/2021/12603/145

Conception numérique : Primento,
le partenaire numérique des éditeurs.